FOLIO JUNIOR

Préface

Médecin, auteur dramatique, Tchekhov a multiplié les activités. Toute sa vie, il a subvenu aux besoins de sa famille, parents, frères et sœurs avec leurs conjoints et enfants. Tout ce monde a vécu plusieurs années sous le toit de l'écrivain dans la grande propriété de Melikhovo. Célèbre pour son œuvre théâtrale, Tchekhov est aussi un des plus grands nouvellistes qui soient. Il a commencé à écrire des récits très tôt tout en faisant ses études de médecine et cela, déjà, pour aider sa famille. Célèbre pour son œuvre théâtrale, *Oncle Vania*, *La Mouette*, *La Cerisaie*, etc., il a également composé plus de cinq cent nouvelles, récits et contes dont la moitié seulement sont traduits en français.

Tchekhov est l'un des premiers à avoir parlé de la quotidienneté, des détails matériels et réguliers de la vie, de la monotonie des jours. Il s'est toujours montré proche des êtres et sensible au sort des paysans et des petites gens qu'il décrit. Pour en parler, son écriture se fait sobre, discrète afin de laisser toute la place à la vie. Mais son ton peut se faire radical et féroce quand il s'agit de dénoncer les injustices. Il sait aussi jouer du comique pour faire passer le désespoir. Le tragique social l'a touché au plus profond, mais il a toujours refusé tout engagement partisan, préférant sauvegarder avant tout sa liberté de création.

Front blanc a été publié pour la première fois en 1895 dans la revue « Lectures pour enfants ». Tchekhov a composé de nombreuses nouvelles dans lesquelles figurent des animaux, fables sur la vie des gens simples et des sentiments partagés par tous les humains. Il a vingt-sept ans quand il écrit *Kachtanka*. Il y dépeint le Moscou populaire, tortueux, pittoresque qu'il connaissait bien et, comme souvent dans son œuvre, il met en scène un personnage russe traditionnel, en l'occurence un menuisier, ce genre d'homme qui règne en despote capricieux et patriarcal sur sa famille, à la fois bourru, terrible et savoureux. Dans *Tristesse,* c'est la solitude, le vieillissement et le réconfort trouvé auprès d'un animal qui font la trame du récit ; celui-ci se déroule à Saint-Pétersbourg et a été composé en 1886. Son auteur avait vingt-six ans, il l'a signé sous le pseudonyme de Tchekhonte. Tolstoï lui-même mettait ce récit au rang des œuvres de Tchekhov de première catégorie.

Fin observateur, curieux de tout, drôle et raffiné, Tchekhov était un être généreux et bienveillant. Il plantait lui-même ses rosiers, ses lilas et ses arbres fruitiers. Il avait deux chiens. Il préférait l'amitié à l'amour. Il aimait rire, chanter et jouer du piano entouré de ses amis dans sa maison dont la porte était toujours ouverte.

FRONT BLANC

La louve affamée se leva pour partir en chasse. Ses trois louveteaux dormaient profondément, entassés pêle-mêle, se réchauffant mutuellement… Elle les lécha et s'en alla.

On était déjà au printemps, en mars, mais, durant les nuits, le froid faisait craquer les arbres comme en décembre et à peine aviez-vous tiré la langue que vous y ressentiez de violents picotements. La louve était en mauvaise santé, ombrageuse : elle tressaillait au moindre bruit et se demandait sans cesse si, en son absence, on ne faisait pas de mal à ses louveteaux. L'odeur des traces d'homme ou de cheval, les souches, les tas de bois et la route sombre souillée de fumier lui faisaient peur ; il lui semblait que, derrière les arbres, des hommes se dissimulaient dans les ténèbres et que, par-delà la forêt, des chiens aboyaient.

Elle n'était déjà plus jeune, son odorat avait faibli, aussi lui arrivait-il de prendre une trace de renard pour celle d'un chien, et parfois même, son flair étant en défaut, de s'égarer, ce qui ne lui était jamais arrivé dans sa jeunesse. Sa mauvaise santé l'empêchait de chasser les veaux et les gros moutons comme autrefois, elle évitait les juments accompagnées de leur poulain et se nourrissait uniquement de charogne, elle ne mangeait que très rarement de la chair fraîche, uniquement au printemps, quand, rencontrant par hasard une hase, elle lui enlevait ses levrauts ou qu'elle se faufilait dans les bergeries où se trouvaient des agneaux.

A quelque quatre verstes de sa tanière, près de la route postale, se dressait un refuge d'hiver. C'était la demeure du garde Ignate, un vieux dans les soixante-dix ans qui n'arrêtait pas de tousser et de parler tout seul ; d'ordinaire, la nuit, il dormait et, le jour, il rôdait à travers la forêt, son fusil à un coup sur l'épaule, sifflant les lièvres. Il avait dû être mécanicien autrefois, parce qu'il criait, à chaque fois, avant de s'arrêter :

– Stoppez la machine ! et avant de repartir :

– A toute vapeur !

Il avait un énorme chien noir, de race inconnue, appelé Arapka. Quand il partait trop loin devant, il lui criait :

– Marche arrière !

Parfois il se mettait à chanter, titubait violemment, se retrouvait souvent par terre (la louve pensait que c'était à cause du vent) et criait :

– J'ai déraillé !

La louve se rappelait que pendant l'été et l'automne un bélier et deux grosses agnelles paissaient près du refuge et que lorsqu'elle était passée près de la bergerie, quelque temps auparavant, il lui avait semblé entendre des bêlements. Maintenant qu'elle s'approchait de la maison, elle se disait qu'on était déjà en mars et que, d'après l'époque, il devait y avoir à coup sûr des agneaux dans la bergerie. La faim la tenaillait, elle pensait à l'appétit avec lequel elle dévorerait un agneau et cette pensée faisait claquer ses dents et scintiller ses yeux dans l'obscurité comme deux flammes.

La chaumière d'Ignate, la grange, la bergerie et le puits étaient entourés de hautes congères. Pas un bruit. Arapka devait dormir dans la grange.

Par la congère la louve se hissa sur la bergerie et se mit à démolir des pattes et du museau le toit de chaume. Le chaume était pourri et s'effritait, aussi faillit-elle passer à travers le toit ; soudain une vapeur tiède et une odeur de fumier et de lait de brebis lui montèrent au museau. En bas, un agneau, sentant le froid, bêla doucement. Sautant par le trou, la louve tomba, pattes de devant et poitrail les premiers, sur quelque chose de mou et de chaud, un mouton sans doute ; à ce moment-là quelque chose se mit à glapir, à aboyer, à pousser de faibles gémissements, les brebis se jetèrent contre le mur et la louve, effrayée, saisit ce qui lui tomba sous les crocs et bondit au-dehors…

Elle courait de toutes ses forces, pendant qu'Arapka, qui avait maintenant senti la louve, lançait des aboiements furieux, que les poules, en émoi, caquetaient et qu'Ignate, sorti sur le perron, hurlait :

– A toute vapeur ! Au coup de sifflet !

Il siffla comme une locomotive, puis fit :

– Ho-ho-ho-ho…

Et l'écho de la forêt répéta tout ce vacarme.

Lorsque le silence fut progressivement revenu, la louve retrouva un peu son calme et remarqua que la proie qu'elle tenait dans ses crocs et traînait dans la neige était plus lourde et en quelque sorte plus ferme que le sont ordinairement les agneaux à ce moment de l'année, qu'elle avait une odeur différente et émettait des cris bizarres… La louve s'arrêta, posa sa victime sur la neige pour reprendre souffle et commencer son repas et soudain s'écarta avec dégoût. Ce n'était pas un agneau mais un chiot noir, à grosse tête, haut sur pattes, d'une grande race avec, sur le front, la même tache blanche qu'Arapka. A en juger par ses manières, c'était un rustre, un corniaud. Il lécha son échine meurtrie, blessée, et, comme si de rien n'était, remua la queue et aboya après la louve. Celle-ci gronda comme un chien et prit la fuite. Il la suivit, elle se retourna et fit claquer ses mâchoires, il s'arrêta, tout interdit, et, ayant sans doute conclu qu'elle jouait avec lui, tendit le museau dans la direction de la bergerie et lança une cascade d'aboiements sonores, joyeux, comme pour inciter sa mère Arapka à venir jouer avec eux.

Le jour se levait et, tandis que la louve

regagnait sa tanière à travers l'épais fourré de trembles, dont on voyait maintenant distinctement chaque fût, les coqs de bruyère s'éveillaient et souvent les superbes oiseaux prenaient leur vol, inquiétés par les bonds inconsidérés et les aboiements du jeune chien.

« Pourquoi me court-il après ? se demandait la louve avec dépit. Il doit vouloir se faire manger. »

Elle vivait avec ses louveteaux dans une tanière peu profonde, qu'avait creusée deux ou trois ans plus tôt une violente tempête, en déracinant un vieux pin de haute taille. Maintenant le fond était jonché de feuilles mortes et de mousse, il y traînait des os et des cornes de bœuf qui servaient de jouets aux louveteaux. Ces derniers étaient déjà réveillés et tous trois, qui se ressemblaient beaucoup, se tenaient sur le bord du trou, regardant venir leur mère en remuant la queue. En les apercevant le chiot s'arrêta à bonne distance et les examina longuement ; remarquant qu'eux aussi l'observaient attentivement, il aboya après eux avec colère comme après des étrangers.

Il faisait grand jour, le soleil était levé et la neige étincelait toujours alentour qu'il aboyait encore à distance. Les louveteaux tétaient leur mère, enfonçant leurs pattes dans son ventre maigre, pendant ce temps elle rongeait un os de cheval, blanc et desséché ; la faim la tenaillait, les aboiements du chiot lui donnaient mal à la tête et elle avait envie de se jeter sur l'intrus et de le mettre en pièces.

Enfin le chiot, harassé, perdit la voix ; voyant qu'il n'inspirait aucune terreur et qu'on ne faisait même pas attention à lui, il s'approcha timidement des louveteaux, tantôt rampant, tantôt bondissant. Maintenant, à la lumière du jour, on le distinguait bien. Il avait un grand front blanc avec une bosse comme en ont les chiens très sots ; de petits yeux bleus, ternes, et une expression générale extraordinairement bête. En arrivant près des louveteaux il allongea en avant ses larges pattes, posa son museau dessus et commença à aboyer :

– Mnia, mnia… nga-nga-nga !…

Les louveteaux ne comprirent rien mais remuèrent la queue. Alors, il donna un coup de patte sur la tête de l'un d'eux. Le louveteau le lui rendit. Le chiot se mit de flanc, le regarda du coin de l'œil en remuant la queue, puis soudain prit son élan et décrivit plusieurs cercles sur la neige glacée. Les louveteaux s'élancèrent à sa poursuite, il tomba à la renverse, les pattes en l'air, les trois louveteaux lui sautèrent dessus et, avec des hurlements de joie, se mirent à le mordiller, non pour lui faire mal, mais pour jouer. Les corbeaux qui, perchés sur un grand pin, contemplaient leur bataille, étaient très inquiets. Une gaieté bruyante s'instaura. Le soleil répandait maintenant une chaleur printanière et les coqs de bruyère qui passaient et repassaient sans cesse au-dessus du pin abattu par la tempête, semblaient, sous l'éclat du soleil, taillés dans de l'émeraude.

Les louves inculquent ordinairement le goût de la chasse à leurs louveteaux en les faisant jouer avec une proie ; et, maintenant, en voyant ses louveteaux poursuivre le chiot sur la neige glacée et se battre avec lui, la louve pensait : « Qu'ils apprennent. »

Saturés de jeu, les louveteaux regagnèrent leur trou et se couchèrent. Le chiot hurla de faim quelques instants, puis s'étendit lui aussi au soleil. Et, après avoir fait un somme, ils se remirent à jouer.

Tout le jour et la soirée durant, la louve se

représenta les bêlements de l'agneau, l'odeur du lait de brebis de l'autre nuit, et, sous l'aiguillon de la faim, elle n'arrêtait pas de claquer des mâchoires et de ronger avidement un vieil os dans lequel elle s'imaginait voir un agneau. Les louveteaux tétaient, le chiot, qui avait faim, tournait en rond en flairant la neige.

« Je vais le manger… », décida la louve.

Elle s'approcha du chiot qui lui lécha le museau et se mit à couiner, croyant qu'elle voulait jouer avec lui. Jadis elle avait mangé des chiens, mais le chiot avait une odeur de chair fraîche qu'elle ne pouvait supporter à cause de sa mauvaise santé ; prise de dégoût, elle s'éloigna…

A la tombée de la nuit le temps fraîchit. L'ennui s'empara du chiot qui regagna sa maison.

Quand les louveteaux furent profondément endormis, la louve repartit en chasse. Comme la nuit précédente, elle tressaillait au moindre bruit et avait peur des souches, des tas de bois, des buissons solitaires et noirs de genévrier, qui ressemblaient de loin à des silhouettes humaines. Elle évitait la route, courant sur la couche de neige glacée. Soudain, au loin, devant elle, une ombre passa... Elle scruta l'horizon et tendit l'oreille : effectivement une bête marchait devant elle, elle entendait même la cadence des pas. N'était-ce pas un blaireau ? A pas feutrés, respirant à peine, se tenant toujours à distance, elle contourna la tache noire, se retourna et la reconnut. C'était le chiot au front blanc qui regagnait sans se presser, au pas, la bergerie.

« Pourvu qu'il ne revienne pas se mettre en travers ! » pensa la louve, qui s'élança en avant.

Mais la bergerie était proche. A nouveau elle grimpa en haut de la congère. Le trou de la veille était déjà bouché avec de la paille de blé et l'on avait posé deux perches neuves en travers du toit. La louve se mit rapidement au travail des pattes et du museau, se retournant pour voir si le chiot n'arrivait pas, mais à peine sentit-elle la vapeur tiède et l'odeur du fumier qu'elle entendit derrière elle une série d'aboiements joyeux. Le chiot était de retour. Il bondit sur le toit près de la louve puis sauta par le trou et, se sentant chez lui, au chaud, reconnaissant ses brebis, aboya encore plus fort...

Arapka, qui dormait sous la grange, s'éveilla et, flairant un loup, poussa un hurlement, les poules se mirent à caqueter et lorsque Ignate apparut sur le perron, son fusil à la main, la louve terrifiée était déjà loin.

– Pfuit ! siffla Ignate. Pfuit ! A toute vapeur !

Il appuya sur la détente – le coup ne partit pas ; Ignate recommença, nouveau raté ; troisième tentative – une énorme gerbe de flammes jaillit du canon, et un bou ! bou ! assourdissant retentit. Ignate reçut une violente poussée à l'épaule, et, le fusil dans une main, une hache dans l'autre, il alla voir d'où provenait le bruit…

Quelques instants plus tard il était de retour.

– Qu'est-ce qui se passe ? lui demanda d'une voix éraillée un voyageur qui passait la nuit chez lui et que le bruit avait éveillé.

– Rien, répondit Ignate. Une bagatelle. C'est Front blanc qui a pris l'habitude de dormir avec les moutons, au chaud. Seulement il ne comprend pas qu'il faut entrer par la porte, il se débrouille toujours pour passer par le toit. L'autre nuit il y a fait un trou et il est allé se promener, le cochon, et maintenant il est revenu et il a encore tout démoli.

– Il est idiot !

– Oui, il a quelque chose de fêlé dans le

crâne. C'est affreux ce que je déteste qu'on soit idiot, soupira Ignate, en grimpant sur le poêle. Allez, homme de Dieu, c'est encore trop tôt pour se lever, allons dormir à toute vapeur...

Et le lendemain il appela Front blanc, lui tira violemment les oreilles, puis le fouetta avec des brindilles en lui répétant :

– Passe par la porte ! Par la porte ! Par la porte !

KACHTANKA

I

Mauvaise conduite

Une jeune chienne rousse, croisée de basset et de corniaud, dont le museau ressemblait fort à celui d'un renard, courait de-ci, de-là, sur le trottoir et jetait autour d'elle des regards inquiets. De temps à autre elle s'arrêtait et, avec un jappement éploré, levait l'une après l'autre ses pattes engourdies en essayant de comprendre comment elle avait pu se perdre.

Elle se rappelait parfaitement comment elle avait passé la journée et comment elle avait fini par échouer sur ce trottoir inconnu.

Pour commencer, son maître, le menuisier Louka, avait mis son bonnet de fourrure, pris sous le bras un objet de bois enveloppé dans un mouchoir rouge, et crié :

– Kachtanka, en route !

En entendant son nom, la chienne croisée de basset et de corniaud était sortie de dessous l'établi où elle dormait sur des copeaux, s'était étirée voluptueusement et avait emboîté le pas à son maître. Les clients de Louka habitaient terriblement loin, aussi, avant d'arriver chez chacun d'eux, le menuisier avait dû entrer dans plusieurs cabarets pour y reprendre des forces. Kachtanka se souvenait de s'être très mal tenue en chemin. Dans sa joie d'être emmenée en promenade, elle avait bondi, s'était jetée en aboyant sur les tramways, était entrée dans des cours et avait donné la chasse à d'autres chiens. Le menuisier la perdait sans cesse de vue, s'arrêtait et la houspillait d'une voix irritée. Une fois même, il l'avait attrapée par son oreille de renard, d'un air vorace, l'avait tirée et lui avait dit, détachant les syllabes :

– Si… tu… pou-vais… cre-ver… cho-lé-ra !

Après avoir vu ses clients, Louka était entré un instant chez sa sœur où il avait bu et mangé un morceau ; de là il était allé chez un relieur de ses amis, de chez le relieur, au cabaret, du cabaret chez un vieux compère, etc. Bref, quand Kachtanka avait échoué sur le trottoir inconnu, le soir tombait et le menuisier était ivre comme un savetier. Il décrivait de grands moulinets avec les bras et bredouillait en poussant de profonds soupirs :

– Ma mère m'a conçu dans son sein dans le péché ! Oh ! péchés, péchés ! A présent, là, on marche dans la rue et on reluque les réverbères, mais quand on sera mort, on brûlera dans la géhenne du feu…

Ou bien, tombant dans le genre bonhomme, il appelait sa chienne et lui disait :

– Toi, Kachtanka, tu es un insecte, et pas davantage. Tu es, rapport à l'homme, ce qu'est le charpentier rapport au menuisier…

Pendant qu'il lui parlait ainsi, une musique avait soudain retenti. Kachtanka s'était retournée et avait vu un régiment avancer droit sur elle. Ne pouvant supporter la musique qui lui détraquait les nerfs, elle s'était mise à faire des bonds désordonnés et à hurler. A son grand étonnement, au lieu de prendre peur, de crier et d'aboyer, le menuisier avait esquissé un large sourire, rectifié la position et salué des cinq doigts. Voyant que son maître ne protestait pas, Kachtanka s'était mise à hurler encore plus fort et, hors d'elle, s'était élancée de l'autre côté de la rue.

Quand elle avait retrouvé ses esprits, la

musique s'était tue et le régiment avait disparu. Elle avait couru au premier trottoir à l'endroit où elle avait laissé son maître, mais, hélas ! il n'y était plus. Elle s'était précipitée en avant, puis en arrière, avait retraversé la rue, mais le menuisier semblait avoir disparu sous terre… Elle avait flairé le trottoir, dans l'espoir de retrouver son maître à la trace, mais un gredin en caoutchoucs neufs venait de passer et toutes les odeurs ténues étaient mêlées aux relents pénétrants du caoutchouc et il n'y avait pas moyen de rien distinguer.

Cependant que Kachtanka courait de-ci, de-là, sans trouver son maître, il commençait à faire nuit. Des deux côtés de la rue on alluma les réverbères et des lumières apparurent aux fenêtres. Il tombait de gros flocons de neige duveteuse qui teintaient de blanc le pavé, les croupes des chevaux, les bonnets des cochers de fiacre, et plus le jour baissait, plus les objets devenaient blancs. Devant Kachtanka dont ils coupaient le champ visuel et qu'ils bousculaient du pied, défilaient sans interruption dans les deux sens des clients inconnus. (Kachtanka divisait toute l'humanité en deux parts très inégales : les patrons et les clients ; il y avait entre eux une différence fondamentale : les premiers avaient le droit de la battre, tandis qu'elle avait le droit de mordre les seconds dans le gras du mollet.) Les clients se hâtaient sans lui prêter la moindre attention.

Quand il fit tout à fait noir, le désespoir et la peur s'emparèrent de la chienne. Elle se pelotonna sous le première voûte venue et se mit à pleurer amèrement. Une journée entière de marche aux côtés de Louka l'avait éreintée, ses oreilles et ses pattes étaient gelées et en outre elle avait horriblement faim. De toute la journée, elle n'avait trouvé quelque chose à se mettre sous la dent que deux fois : un peu de colle d'amidon chez le relieur et, près du comptoir d'un café, une peau de saucisson, c'était tout. Si elle avait été un être humain, elle aurait sûrement pensé :

« Non, je ne peux pas vivre comme ça, je vais me faire sauter la cervelle ! »

II

Un mystérieux inconnu

Mais elle ne pensait à rien et se contentait de pleurer. Quand la neige molle et duveteuse lui eut complètement recouvert l'échine et la tête, à bout de forces, elle sombra dans un lourd sommeil. Soudain la porte d'entrée claqua, grinça et vint lui heurter le côté. Elle sursauta. Elle vit sortir un homme qui appartenait à l'espèce des clients. Comme Kachtanka avait jappé et avait roulé sous ses pieds, il ne put pas ne pas la remarquer. Il se pencha sur elle et lui demanda :

– D'où sors-tu, mon toutou ? Je t'ai fait mal ? Pauvre petit… Allez, ne te fâche pas, ne te fâche pas… Pardon !

Kachtanka regarda l'inconnu à travers les flocons qui pendaient à ses cils et aperçut un homme courtaud et replet, glabre, la figure rebondie, un haut-de-forme sur la tête et la pelisse déboutonnée.

– Pourquoi pleures-tu ? poursuivit-il en chassant la neige de sur son échine. Où est ton maître ? Tu t'es perdue ? C'est ça ? Pauvre toutou ! Qu'allons-nous faire maintenant ?

Percevant dans la voix de l'inconnu une inflexion chaude, cordiale, Kachtanka lui lécha la main et laissa échapper une plainte plus lamentable encore.

– Tu es gentille, tu es drôle ! dit l'inconnu. Un vrai renard ! Allons, il n'y a que ça à faire, viens avec moi ! Peut-être seras-tu bonne à quelque chose… Allez, hop !

Il claqua des lèvres et adressa à Kachtanka un geste qui ne pouvait que signifier : « Viens ! » Kachtanka y alla.

Moins d'une demi-heure plus tard, elle était assise par terre dans une grande pièce claire et, la tête inclinée sur le côté, regardait avec attendrissement et curiosité l'inconnu occupé à se restaurer. Tout en mangeant il lui jetait quelques morceaux… D'abord ce fut du pain et une croûte de fromage toute verte, puis un morceau de viande, un demi-*pirojok*[1], des os de poulet, mais, de fringale, elle avala le tout si rapidement qu'elle n'eut pas le temps d'en sentir le goût. Et plus elle mangeait, plus elle avait faim.

– Quand même, tes maîtres te nourrissent bien mal, dit l'inconnu en voyant la voracité avec laquelle elle engloutissait tout sans le mâcher. Et que tu es maigre ! Tu n'as que la peau et les os…

Elle mangea beaucoup sans pouvoir se rassasier, ne réussissant qu'à se griser de nourriture. Le repas terminé, elle s'allongea au milieu de la pièce, étira ses pattes et, ressentant dans tout le corps une agréable lassitude, remua la queue. Pendant que son nouveau maître, renversé dans un fauteuil, fumait un cigare, elle remuait la queue en essayant de résoudre le problème de savoir où on était le mieux, chez l'inconnu ou chez le menuisier ? L'intérieur de l'inconnu était pauvre et laid ; à part les fauteuils, le divan, la lampe et les tapis, il n'y avait rien et la pièce semblait vide ; tandis que tout le logement du menuisier était bourré d'objets ; il y avait une table, un établi, un tas de copeaux, des rabots, des ciseaux, des scies, un serin dans une cage, un baquet… Chez l'inconnu il n'y avait pas d'odeurs, tandis que chez le menuisier il y avait toujours de la buée et cela sentait merveilleusement la colle, le vernis et l'odeur des copeaux. En revanche, l'inconnu avait un grand avantage : il donnait beaucoup à manger et, il fallait lui rendre justice, quand Kachtanka s'était installée sur son séant, près de la table et l'avait regardé avec attendrissement, il ne l'avait pas frappée une seule fois, n'avait pas tapé du pied et n'avait pas une seule fois crié :

– Ou… ouste, trois fois maudite !

Son cigare achevé, son nouveau maître sortit et revint une minute après, un petit matelas dans les bras.

– Eh ! toutou, viens ici ! dit-il en déposant le matelas dans un coin près du divan. Couche-toi et dors !

Puis il éteignit et sortit. Kachtanka s'étendit de tout son long sur le matelas et ferma les yeux ; un aboiement monta de la rue, elle voulut y répondre, mais, soudain, une tristesse imprévue s'empara d'elle. Elle se rappela Louka, son fils Fédioucha, son petit coin douillet sous l'établi… Elle se rappela les longues soirées d'hiver où, tandis que le menuisier rabotait ou lisait le journal à haute voix, Fédioucha jouait habituellement avec elle… Il la tirait de dessous l'établi par les pattes de derrière et lui faisait faire de tels tours qu'elle en voyait trente-six chandelles et avait mal dans toutes les articulations. Il la faisait marcher sur les pattes de derrière, lui faisait faire la cloche, c'est-à-dire qu'il la tirait violemment par la queue, et alors elle glapissait et hurlait, lui faisait renifler du tabac… Le tour suivant était particulièrement douloureux : Fédioucha attachait un morceau de viande à une ficelle et le lui donnait, puis, au moment où elle l'avalait, il le lui extirpait de l'estomac avec un gros éclat de rire. Et plus ses souvenirs se faisaient nets, plus Kachtanka gémissait haut, lugubrement.

Mais la fatigue et la douce chaleur de la pièce eurent bientôt raison de la tristesse… Elle s'assoupit. Dans son imagination des chiens passèrent, entre autres un vieux caniche crépu qu'elle avait aperçu le jour même dans la rue, avec une taie sur les yeux et des touffes de poils autour du nez. Fédioucha, un ciseau à la main, poursuivait le caniche, puis soudain se recouvrit lui-même d'un poil crépu, poussa un aboiement joyeux et se retrouva à côté de Kachtanka. Ils se flairèrent tous deux avec bienveillance et s'élancèrent dans la rue…

III

Une nouvelle et très agréable connaissance

Quand Kachtanka se réveilla, il faisait déjà clair et il montait de la rue une rumeur que l'on n'entend que le jour. Dans la pièce il n'y avait personne. Kachtanka s'étira, bâilla et, irritée, maussade, se mit à rôder. Elle flaira les coins et les meubles, jeta un coup d'œil dans le vestibule et n'y trouva rien d'intéressant. Outre celle qui menait au vestibule, il y avait une deuxième porte. Après quelques instants de réflexion, la chienne la gratta à deux pattes, l'ouvrit et passa dans la pièce voisine. Là, étendu sur un lit, dormait sous une courtepointe à longs poils un client dans lequel elle reconnut l'inconnu de la veille.

– Rrrr…, gronda-t-elle, mais, se rappelant le repas de la veille, elle remua la queue et se mit à flairer.

Elle flaira les vêtements et les chaussures de l'inconnu et trouva qu'elles dégageaient une forte odeur de cheval. Dans la chambre à coucher, il y avait encore une porte, elle aussi fermée. Kachtanka la gratta, s'y arc-bouta de la poitrine, l'ouvrit et renifla aussitôt une odeur étrange, très suspecte. Pressentant une rencontre désagréable, Kachtanka pénétra en grognant, l'œil aux aguets, dans une petite pièce aux tapisseries crasseuses et recula d'épouvante. Elle venait d'apercevoir quelque chose d'inattendu et de terrible. Tête et cou rasant le sol, les ailes écartées, un jars gris la chargeait en sifflant. Non loin de là, un chat blanc était couché sur un matelas ; à la vue de Kachtanka, il bondit sur ses pattes, fit le gros dos, dressa la queue, se hérissa et se mit à cracher. La chienne prit peur pour de bon, mais, pour ne pas se trahir, elle aboya avec force et fonça sur le chat… Celui-ci, le dos encore plus arqué, se remit à cracher et lui donna un coup de patte sur la tête. La chienne fit un bond de côté et, les quatre pattes à demi fléchies, le museau tendu en direction du chat, laissa monter un long glapissement ; à ce moment le jars s'approcha par-derrière et lui donna un coup de bec fort douloureux sur l'échine.

Kachtanka bondit et se jeta sur le jars…

– Qu'est-ce que c'est que ça ? tonna une voix furieuse, et l'inconnu entra, en robe de chambre et cigare aux lèvres :

– Qu'est-ce que cela signifie ? A vos places !

Il s'approcha du chat, envoya une chiquenaude sur son dos arqué et dit :

– Monsieur Fiodor, qu'est-ce que cela signifie ? On se bat ? Ah, vieille canaille ! couché !

Et, se tournant vers le jars, il lui cria :

– Monsieur Ivan, à votre place !

Le chat s'étendit docilement sur son matelas et ferma les yeux. A en juger par l'expression de son museau et de ses moustaches, il était lui-même mécontent de s'être mis en colère et de s'être battu. Kachtanka pleurnicha d'un air vexé, le jars tendit le cou et tint un discours volubile, enflammé et très net, mais absolument incompréhensible.

– C'est bon, dit le maître en bâillant. Il faut vivre en paix et en amitié. Il caressa Kachtanka et poursuivit : Et toi, petite rouquine, n'aie pas peur… C'est du brave monde, ils ne te feront pas de mal. Attends, comment allons-nous t'appeler ? On ne peut pas vivre sans nom, ma petite.

Il réfléchit et dit :

– Voilà... Tu vas t'appeler Tiotka... Tu comprends ? Tiotka.

Et après avoir répété plusieurs fois le mot « Tiotka » il sortit. Kachtanka s'assit et se mit à observer. Le chat, immobile sur son matelas, faisait semblant de dormir. Le jars, le cou tendu et piétinant sur place, continuait son discours volubile et enflammé. C'était, selon toute apparence, un jars très intelligent ; après chacune de ses longues tirades il reculait d'un air étonné et arborait une mine fort satisfaite de son discours... Kachtanka écouta, lui répondit : « Rrrr... » et se mit à flairer les coins. Dans l'un d'eux se trouvait une augette où elle aperçut des pois et des croûtons de seigle qui trempaient. Elle goûta aux pois – ils n'étaient pas bons – aux croûtons, et se mit à manger. Loin de se fâcher parce qu'un chien inconnu dévorait sa pitance le jars se lança dans des propos encore plus enflammés et, pour montrer qu'il avait confiance, s'approcha lui-même de l'auge et picora quelques pois.

IV

Prodiges

Un peu plus tard, l'inconnu revint, apportant un objet étrange qui ressemblait à un portique en bois grossièrement ajusté à la traverse duquel étaient accrochés une cloche et un pistolet ; au battant de la cloche et au chien du pistolet pendaient des ficelles. L'inconnu plaça le portique au milieu de la pièce, dénoua et renoua longuement quelque chose, puis regarda le jars et dit :

– Monsieur Ivan, s'il vous plaît !

Le jars s'avança et s'immobilisa dans une attitude d'attente.

– Allons, fit l'inconnu, commençons par le commencement. D'abord, salue et fais la révérence ! Vite !

M. Ivan tendit le cou, inclina la tête à la ronde et joignit les pattes.

– Bravo… Maintenant, fais le mort !

Le jars se coucha sur le dos et agita les pattes en l'air. Après quelques autres petits tours du même genre, l'inconnu se prit soudain la tête à deux mains, l'épouvante se peignit sur son visage et il se mit à crier :

– Au secours ! Au feu ! Nous brûlons !

M. Ivan courut au portique, saisit une des ficelles avec son bec, et la cloche sonna.

L'inconnu fut très satisfait. Il caressa le cou du jars et dit :

– Bravo, monsieur Ivan ! Maintenant imagine-toi que tu es bijoutier et que tu vends de l'or et des brillants. Imagine à présent que tu arrives dans ton magasin et que tu y trouves des voleurs. Que ferais-tu, dans ce cas ?

Le jars saisit la deuxième ficelle et tira, ce qui fit partir un coup de feu assourdissant. Le bruit de la cloche avait beaucoup plu à Kachtanka, mais la détonation l'enthousiasma tellement qu'elle se mit à tourner en rond autour du portique en jappant.

– Tiotka, à ta place, lui cria l'inconnu. Silence !

Le travail de M. Ivan ne s'arrêta pas là. Pendant une heure entière l'inconnu le fit trotter autour de lui au bout d'une longe en faisant claquer son fouet ; au cours de l'exercice le jars devait franchir une barrière et passer dans un cerceau, se cabrer, c'est-à-dire s'asseoir sur sa queue et agiter les pattes. Kachtanka ne quittait pas M. Ivan des yeux, hurlait d'enthousiasme et s'élança plusieurs fois sur sa trace en poussant des aboiements sonores.

Après cette séance qui les avait fatigués tous les deux, le jars et lui-même, l'inconnu s'épongea le front et cria :

– Maria, fais venir Mme Khavronia.

Une minute après, on entendit un grognement… Kachtanka se mit à gronder, prit son air le plus hardi et, à tout hasard, se rapprocha de l'inconnu. La porte s'ouvrit, une vieille femme vint jeter un coup d'œil dans la pièce, dit quelque chose et fit entrer une truie noire, très laide. Sans prêter attention aux grondements de Kachtanka, la truie leva la tête et poussa un grognement joyeux. Elle semblait très contente de voir son maître, le chat et M. Ivan. Elle s'approcha du chat, lui envoya un petit coup de groin sous le ventre, puis se mit à parler avec le jars ; ses mouvements, sa voix et le frétillement de sa queue trahissaient une nature très débonnaire.

Kachtanka comprit aussitôt qu'il était inutile de gronder et d'aboyer contre ce monde-là.

Le maître enleva le portique et cria :

– Monsieur Fiodor, à vous !

Le chat se leva, s'étira paresseusement et, à regret, comme pour rendre service, s'approcha de la truie :

– Allez, commençons par la pyramide d'Égypte, dit le maître.

Il donna de longues explications, puis commanda :

– Un… deux… trois !

Au mot trois, M. Ivan déploya ses ailes et sauta sur l'échine de la truie… Lorsque, s'équilibrant des ailes et du cou, le jars se fut assuré sur l'échine soyeuse, M. Fiodor, l'allure molle et indolente, avec un dédain évident et le mépris le plus complet d'un art dont il ne donnait pas trois sous, grimpa sur l'échine de la truie, puis se hissa à contrecœur sur le jars et se dressa sur ses pattes de derrière. Ils réalisèrent ainsi ce que l'inconnu appelait la « pyramide d'Égypte ». Kachtanka glapit d'enthousiasme, mais, à ce moment, le vieux chat bâilla, perdit l'équilibre et dégringola. M. Ivan chancela et tomba aussi. L'inconnu cria, agita les bras et reprit ses explications. Après avoir consacré une heure entière à la pyramide, le maître infatigable se mit en demeure d'apprendre à M. Ivan à monter à cheval sur le dos du chat, puis au chat à fumer, etc.

Au terme de la leçon l'inconnu s'épongea le front et s'en alla, M. Fiodor cracha d'un air dégoûté, se coucha sur son matelas et ferma les yeux ; M. Ivan se dirigea vers son augette et la vieille emmena la truie. Grâce à cette quantité d'impressions nouvelles, Kachtanka n'avait pas vu passer la journée. Quand le soir arriva, on l'installa sur son petit matelas, cette fois dans la pièce aux tapisseries sales et elle passa la nuit en compagnie de M. Fiodor et du jars.

V

Un talent ! Un talent !

Un mois s'écoula.

Kachtanka s'était habituée à ce qu'on lui offre chaque soir un repas savoureux et à ce qu'on l'appelle Tiotka. Elle s'était habituée aussi à l'inconnu et à ses nouveaux commensaux. La vie allait comme sur des roulettes.

Toutes les journées commençaient de la même façon. Ordinairement c'était M. Ivan qui se réveillait le premier et aussitôt il s'approchait de Tiotka ou du chat, pliait le cou et entamait son discours enflammé et persuasif, mais toujours aussi incompréhensible. Parfois il levait la tête et débitait de longs monologues. Les premiers jours, Kachtanka avait cru qu'il parlait beaucoup parce qu'il était très intelligent, mais, au bout de peu de temps, elle perdit toute considération pour lui ; quand le jars s'approchait avec ses longs discours, elle ne remuait plus la queue, mais le traitait comme un bavard assommant qui empêchait tout le monde de dormir et lui répondait sans se gêner :

– Rrrr…

M. Fiodor, lui, était un monsieur d'un tout autre genre. Quand il se réveillait, c'était sans un bruit, sans un mouvement, et même sans ouvrir les yeux. Il se serait volontiers passé de se réveiller car, s'il faut en croire les apparences, il n'aimait pas la vie. Rien ne l'intéressait, il accueillait toute chose mollement, négligemment, il couvrait tout de son mépris, même son savoureux repas, sur lequel il crachotait avec des mines dégoûtées.

Quant à Kachtanka, dès le réveil elle allait se promener dans l'appartement et flairait les coins. Seuls le chat et elle avaient l'autorisation de se promener dans tout l'appartement ; le jars n'avait pas le droit de franchir le seuil de la pièce aux tapisseries sales ; Mme Khavronia habitait un petit réduit dans la cour et apparaissait seulement aux heures de dressage. Le maître se réveillait tard, prenait son thé et commençait aussitôt ses tours. Chaque jour on apportait dans la pièce le portique, le fouet, les cerceaux et chaque jour on faisait presque la même chose. La leçon durait trois ou quatre heures, si bien que, parfois, M. Fiodor titubait de fatigue comme un chat ivre, M. Ivan, le bec ouvert, haletait, le maître devenait tout rouge et n'arrivait plus à éponger la sueur sur son front.

La leçon et le repas rendaient les journées très intéressantes, mais les soirées étaient ennuyeuses. D'ordinaire le maître s'en allait, emmenant le jars et le chat. Restée seule, Tiotka se couchait sur son matelas et s'abandonnait à la tristesse… Celle-ci la gagnait en quelque sorte à son insu et l'envahissait progressivement, comme l'obscurité la pièce. Elle commençait d'abord par perdre toute envie d'aboyer, de manger, de courir à travers l'appartement et même de regarder ce qui se passait, puis deux silhouettes indécises, mi-chiens, mi-hommes, avec des figures sympathiques, gentilles, mais incompréhensibles, venaient s'emparer de son imagination ; à leur apparition Tiotka remuait la queue, il lui semblait qu'elle les avait déjà vues quelque part et aimées. Au moment de s'endormir, elle sentait monter d'elles une odeur de colle, de copeaux et de vernis.

Quand elle fut tout à fait accoutumée à sa nouvelle vie et que, de cabot maigre et osseux, elle se fut transformée en une belle chienne bien nourrie et bien soignée, un jour, avant la leçon, son maître la caressa et dit :

– Le moment est venu de te mettre au travail, Tiotka. Assez fainéanté. Je veux faire de toi une artiste... Tu veux bien devenir une artiste ?

Et il se mit à lui apprendre toutes sortes de choses. Au cours de la première leçon elle apprit à se tenir debout et à marcher sur les pattes de derrière, ce qui lui plut énormément. Au cours de la seconde, elle dut sauter sur les pattes de derrière et attraper un sucre que le professeur tenait très haut au-dessus de la tête de son élève. Puis, au cours des leçons suivantes, elle dansa, courut au bout de la longe, aboya en musique, fit sonner la cloche, tira au pistolet ; au bout d'un mois, elle pouvait remplacer avec succès M. Fiodor dans la pyramide d'Égypte. Elle travaillait très volontiers et était contente de ses progrès ; courir à la longe, la langue pendante, sauter à travers un cerceau, monter à cheval sur le dos du vieux M. Fiodor, lui procuraient le plus grand plaisir. Elle accompagnait la réussite de chaque tour d'un aboiement sonore, enthousiaste et son maître s'émerveillait, s'enthousiasmait lui aussi et se frottait les mains.

– Un talent ! Un talent ! disait-il. Un talent incontestable ! Tu auras positivement du succès !

Et Tiotka s'habitua si bien au mot talent que, chaque fois que son maître le prononçait, elle bondissait sur ses pattes et se retournait comme si on l'avait appelée.

VI

Une nuit mouvementée

Tiotka fit un rêve de chien : un concierge la poursuivait, un balai à la main. Et la peur la réveilla.

La pièce était silencieuse, noire et étouffante. Les puces mordaient. Auparavant Tiotka n'avait jamais redouté l'obscurité, mais là, sans savoir pourquoi, elle prit peur et voulut aboyer. Dans la pièce voisine le maître soupira tout haut, puis, quelques instants plus tard, la truie grogna dans son réduit et tout retomba dans le silence. Penser à la nourriture soulage l'âme et Tiotka se mit à penser qu'elle avait le jour même volé une cuisse de poulet à M. Fiodor et l'avait cachée dans la salle à manger derrière l'armoire où il y avait beaucoup de toiles d'araignée et de poussière. Ça ne serait pas mal d'aller voir si elle y était encore ou non. Il était fort possible que le maître l'eût trouvée et mangée. Mais défense de sortir avant le matin, c'était la règle. Tiotka ferma les yeux pour se rendormir plus vite parce qu'elle savait d'expérience que, plus vite on s'endort, plus vite vient le matin. Mais, soudain, non loin d'elle, retentit un cri bizarre qui la fit tressaillir et sauter sur ses pattes : M. Ivan avait crié, et ce n'était pas son caquetage persuasif ordinaire, mais un cri sauvage, perçant et anormal, pareil au grincement d'une porte. Ne voyant rien dans le noir et ne comprenant rien, Tiotka éprouva une peur encore plus grande et grogna : « Rrrr… »

Un certain temps s'écoula, autant qu'il en faut pour ronger un bel os ; le cri ne se répéta pas. Tiotka retrouva peu à peu le calme et s'assoupit. Elle rêva à deux grands chiens noirs avec de longues touffes de poils de l'année dernière sur les cuisses et les côtés ; ils lapaient avec avidité les eaux grasses d'un baquet d'où montaient une vapeur blanche et un fumet délicieux ; de temps en temps ils jetaient un coup d'œil sur Tiotka, montraient les dents et grognaient :

– Tu n'en auras pas !

Puis un paysan en pelisse sortit de la maison

et les chassa à coups de fouet, alors Tiotka s'approcha du baquet et se mit à manger, mais dès que le paysan eut disparu derrière la porte, les deux chiens noirs se jetèrent sur elle en hurlant et tout à coup le cri perçant retentit à nouveau.

– Ké ! ké ! ké ! criait M. Ivan.

Tiotka se réveilla, bondit et, sans descendre de son matelas, se mit à hurler. Elle avait maintenant l'impression que ce n'était pas M. Ivan qui criait, mais quelqu'un d'autre, un intrus. Et assez curieusement, la truie, dans son réduit, poussa un nouveau grognement.

Mais voici que retentit un bruit de savates qu'on traîne et le maître entra en robe de chambre, une bougie à la main. La lueur vacillante dansa sur les tapisseries sales, sur le plafond et chassa les ténèbres. Tiotka vit qu'il n'y avait pas d'intrus dans la pièce. M. Ivan était assis par terre et ne dormait pas. Il étendait les ailes, ouvrait le bec et semblait être très fatigué et avoir très soif. Le vieux M. Fiodor ne dormait pas non plus. Sans doute le cri l'avait-il réveillé lui aussi.

– Monsieur Ivan, qu'est-ce qui t'arrive ? demanda le maître au jars. Pourquoi cries-tu ? Tu es malade ?

Le jars ne répondit pas. Le maître lui toucha le cou, lui caressa le dos et dit :

– Phénomène ! Tu ne dors pas et tu empêches les autres de dormir.

Quand le maître fut parti en emportant la lumière, la pièce se retrouva dans le noir. Tiotka avait peur. Le jars ne criait pas, mais elle s'imaginait de nouveau qu'il y avait un intrus dans l'obscurité. Le plus terrible, c'est qu'on ne pouvait le mordre car il était invisible et sans forme. Et elle pensait obscurément que cette nuit-là il allait infailliblement arriver un malheur. M. Fiodor, lui aussi, était inquiet. Tiotka l'entendait remuer sur son matelas, bâiller et secouer la tête.

Quelqu'un, dans la rue, frappa à une porte cochère et la truie grogna dans son réduit. Tiotka se mit à pleurer, allongea les pattes de devant et y appuya la tête. Le coup à la porte, le grognement de la truie qui ne dormait pas – comme c'était curieux ! – l'obscurité et le silence firent naître en elle une vision aussi lugubre et angoissante que le cri de M. Ivan. Tout était en alarme et en désordre, mais pourquoi ? Qui était cet invisible intrus ? Un instant, deux étincelles vertes lancèrent des lueurs mates à côté d'elle.

C'était M. Fiodor qui, pour la première fois depuis ils avaient fait connaissance, s'était approché d'elle. Que voulait-il ? Tiotka lui lécha la patte et, sans lui demander pourquoi il était venu, se mit à gémir doucement et sur tous les tons.

– Ké ! cria M. Ivan, Ké-Ké !

La porte se rouvrit et le maître rentra, sa bougie à la main. Le jars était assis dans la même position, bec ouvert et ailes déployées. Il avait les yeux fermés.

– Monsieur Ivan ! appela le maître.

Le jars ne bougea pas. Le maître s'assit par terre devant lui, le regarda une minute sans souffler mot, puis dit :

– Monsieur Ivan ? Qu'est-ce qui se passe ? Tu meurs, dis ? Ah, maintenant je me souviens, je me souviens ! cria-t-il en se prenant la tête à deux mains. Je sais ce que c'est ! C'est ce cheval qui t'a marché dessus aujourd'hui ! Mon Dieu, mon Dieu !

Tiotka ne comprenait pas ce que disait le maître, mais elle voyait à sa figure qu'il s'attendait à quelque chose de terrible. Elle avança le museau vers la fenêtre obscure où elle croyait voir l'intrus et se mit à hurler.

– Il meurt, Tiotka ! dit le maître en joignant

les mains. Oui, oui, il meurt ! La mort est entrée dans la chambre. Que faire ?

Pâle, inquiet, le maître se retira en soupirant et en hochant la tête. Tiotka, qui avait peur de rester seule dans l'obscurité, le suivit. Il s'assit sur son lit et répéta plusieurs fois :

– Mon Dieu, que faire ?

Tiotka tournait autour de ses jambes sans comprendre pourquoi elle était si triste et les autres si inquiets, et, voulant y voir clair, elle surveillait chacun de ses mouvements. M. Fiodor, qui quittait rarement son matelas, vint lui aussi dans la chambre de son maître et se frotta contre ses jambes. Il secouait la tête comme pour en chasser des idées pénibles et lançait des regards soupçonneux sous le lit.

Le maître prit une soucoupe, y versa de l'eau de la cuvette et revint vers le jars.

– Bois, monsieur Ivan ! lui dit-il tendrement, en plaçant la soucoupe devant lui. Bois, mon petit.

Mais M. Ivan ne bougeait pas et n'ouvrait pas les yeux. Le maître lui inclina la tête sur la soucoupe et lui trempa le bec dans l'eau, mais, au lieu de boire, le jars étendit encore plus les ailes et sa tête demeura allongée sur la soucoupe.

– Non, il n'y a plus rien à faire, soupira le maître. Tout est fini. M. Ivan est perdu !

Et sur ses joues coulèrent de petites gouttes brillantes comme on en voit aux fenêtres les jours de pluie. Ne comprenant pas ce qui se passait, Tiotka et M. Fiodor se serraient contre lui et regardaient le jars avec terreur.

– Pauvre M. Ivan ! disait son maître en soupirant tristement. Et moi qui rêvais de t'emmener à la campagne, au printemps, et d'aller me promener avec toi sur l'herbe verte... Chère bête, mon brave compagnon, tu n'es plus ! Comment vais-je me passer de toi ?

Tiotka eut l'impression qu'il lui arriverait, à elle aussi, la même chose, c'est-à-dire qu'elle aussi, sans savoir pourquoi, elle fermerait les yeux, allongerait les pattes, ouvrirait la gueule et que tout le monde la regarderait avec terreur. Apparemment, les mêmes idées trottaient aussi dans la tête de M. Fiodor. Jamais le vieux chat n'avait été aussi morose et aussi sombre.

L'aube commençait à poindre, l'intrus invisible qui avait tant effrayé Tiotka n'était plus là. Lorsque le jour fut tout à fait levé, le concierge entra, prit le jars par les pattes et l'emporta. Peu après, la vieille vint chercher l'augette.

Tiotka gagna le salon et regarda derrière l'armoire : le maître n'avait pas mangé la cuisse de poulet, elle était à sa place, dans la poussière et les toiles d'araignée. Mais Tiotka s'ennuyait, elle était triste et avait envie de pleurer. Elle ne flaira même pas la cuisse, se glissa sous le divan, s'y allongea et laissa échapper doucement une petite plainte grêle :

– Skou – skou – skou…

VII

Des débuts malheureux

Un beau soir le maître entra dans la pièce aux tapisseries sales et dit en se frottant les mains :

– Eh bien…

Il voulait ajouter quelque chose, mais sortit sans l'avoir fait. Tiotka qui, pendant les leçons, avait étudié à loisir ses jeux de physionomie et ses intonations, devina qu'il était ému, soucieux et peut-être fâché. Peu après il revint et dit :

– Aujourd'hui, j'emmène Tiotka et M. Fiodor. Tiotka, ce soir dans la pyramide d'Égypte, tu remplaceras le pauvre M. Ivan. Bon sang ! Rien n'est prêt, rien n'est su, on n'a pas assez répété ! On va être sifflés, ce sera un four !

Puis il ressortit et revint un instant plus tard, en pelisse et haut-de-forme. Il s'approcha du chat, le prit par les pattes de devant, le souleva et le mit contre sa poitrine, sous sa pelisse, ce que M. Fiodor parut accepter avec beaucoup d'indifférence et sans même se donner la peine d'ouvrir les yeux. Tout lui était décidément égal : d'être couché ou soulevé par les pattes, de se prélasser sur un matelas ou de se reposer contre la poitrine de son maître, sous sa pelisse…

– Viens, Tiotka, dit le maître.

Tiotka n'y comprenait rien, mais elle le suivit en remuant la queue. Une minute après, elle était installée dans un traîneau aux pieds de son maître et l'entendait marmotter, recroquevillé de froid et d'émotion :

– On va être sifflés, ce sera un four.

Le traîneau s'arrêta devant une extraordinaire grande maison qui ressemblait à une soupière renversée. Sa longue entrée à trois portes vitrées était illuminée par une douzaine de lanternes éblouissantes. Les portes s'ouvraient dans un grand tintement et engloutissaient comme des gueules les gens qui se glissaient près du seuil. Il y avait beaucoup de monde, des chevaux arrivaient au trot jusque devant l'entrée, mais on n'apercevait pas de chiens.

Le maître prit Tiotka dans ses bras et la fourra contre sa poitrine, sous sa pelisse, à côté de M. Fiodor. Il y faisait noir, on étouffait, mais on avait chaud. Deux étincelles vertes et mates jaillirent. C'étaient les yeux du chat, dérangé par les pattes dures et froides de sa voisine. Tiotka lui lécha l'oreille et, voulant s'installer le plus confortablement possible, se mit à s'agiter, comprima le chat sous ses pattes froides, sortit par mégarde le museau, mais elle poussa aussitôt un grondement de colère et se rencogna sous la pelisse. Il lui sembla avoir aperçu une énorme pièce, mal éclairée et pleine de monstres ; derrière des barrières et des grilles qui s'étendaient des deux côtés de la pièce, on apercevait des mufles horribles, chevalins, cornus, à longues oreilles et aussi une espèce de mufle épais, énorme, avec une queue en guise de nez et deux longs os rongés qui lui sortaient de la bouche.

Le chat, enfoui sous les pattes de Tiotka, se mit à miauler d'une voix rauque, mais à ce moment, la pelisse s'ouvrit, le maître dit :

– Hop !

M. Fiodor et Tiotka sautèrent à terre. Ils étaient à présent dans une petite pièce aux cloisons de planches grises ; à part un guéridon avec une glace, un tabouret et des haillons suspendus dans les coins, il n'y avait pas de meubles, et, en guise de lampe ou de bougie, il y brûlait un petit feu clair en forme d'éventail qui sortait d'un tube enfoncé dans le mur. M. Fiodor lécha sa robe que Tiotka avait froissée, se glissa sous le tabouret et se coucha. Le maître, toujours aussi ému et se frottant les mains, se mit à se déshabiller... Il se déshabilla comme il avait l'habitude de le faire pour se mettre au lit sous sa courtepointe à longs poils, c'est-à-dire qu'il enleva tout sauf sa chemise, puis s'assit sur le tabouret et, se regardant dans la glace, procéda sur sa personne à des opérations étonnantes. Il commença par se placer sur la tête une perruque avec une raie et deux toupets pareils à des cornes, puis se passa sur la figure une épaisse couche de produit blanc sur laquelle il se dessina de nouveaux sourcils, de nouvelles moustaches et des joues rouges. Il n'arrêta pas là ses fantaisies. Après s'être barbouillé la figure et le cou, il revêtit un costume extraordinaire, absurde, comme Tiotka n'en avait jamais vu, ni à la maison ni dans la rue. Imaginez un pantalon très large, en coton à grosses fleurs que l'on emploie dans les maisons bourgeoises pour les rideaux et les garnitures, un pantalon qui se boutonnait sous les aisselles ; une jambe marron, l'autre jaune clair. Après y avoir plongé, le maître enfila encore une veste d'indienne à grand col festonné, avec une étoile dorée dans le dos, des bas bigarrés et des souliers verts…

Tiotka en eut la berlue, des yeux et de l'âme. Cette silhouette à la face blanche, qui ressemblait plutôt à un sac, avait l'odeur de son maître, elle en avait aussi la voix mais, par moments, le doute la torturait et elle était prête à abandonner la silhouette bigarrée et à prendre la clé des champs avec un long aboiement. Le nouveau local, la lumière en éventail, l'odeur, la métamorphose de son maître, tout lui inspirait une peur vague et le pressentiment qu'elle n'échapperait pas à la rencontre de quelque horreur dans le genre du gros mufle qui avait une queue en guise de nez. De plus, derrière la cloison, montait la musique qu'elle détestait tant et, par moments, on entendait un mugissement mal défini. La seule chose qui la rassura était l'impassibilité de M. Fiodor. Il sommeillait bien tranquillement et n'ouvrait même pas les yeux quand on faisait remuer le tabouret sous lequel il se trouvait.

Un homme en habit et gilet blanc vint jeter un coup d'œil dans la pièce et dit :

– Miss Arabella entre en scène. Après, c'est à vous.

Le maître ne répondit pas. Il tira de dessous la table une petite valise, s'assit dessus et attendit. A ses lèvres et à ses mains on voyait qu'il était ému et Tiotka l'entendait respirer lourdement.

– Monsieur Georges, c'est à vous ! cria-t-on derrière la porte.

Le maître se leva, se signa trois fois, puis attrapa le chat sous le tabouret et le fourra dans la valise.

– Ici, Tiotka, dit-il doucement.

Tiotka, qui ne comprenait rien, se remit entre ses mains ; il l'embrassa sur la tête et la mit à côté de M. Fiodor. Puis ce fut l'obscurité… Tiotka piétinait le chat, grattait les parois de la valise et, complètement terrorisée, ne parvenait plus à proférer un son, la valise tanguait comme sur des vagues et vibrait…

– Et me voici ! cria tout haut le maître. Me voici !

Après ce cri Tiotka sentit que la valise heurtait quelque chose de dur et cessait de tanguer. Un puissant mugissement retentit : on tapait sur quelqu'un et ce quelqu'un, probablement le mufle qui avait une queue à la place du nez, rugissait et riait si fort que les serrures de la valise en tremblèrent. En réponse au mugissement, le maître fit entendre un rire perçant, aigu qu'il n'avait jamais à la maison.

– Ha ! cria-t-il en tâchant de dominer le mugissement. Très honorable public ! J'arrive à l'instant de la gare. Ma grand-mère vient de rendre l'âme et me laisse un héritage ! Il y a dans la valise quelque chose de très lourd – de l'or évidemment… Ha ha ! Et si c'était un million ! On va l'ouvrir tout de suite…

La serrure de la valise claqua. Une vive lumière éblouit Tiotka ; elle sauta dehors et, assourdie par le mugissement, se mit à courir à fond de train autour de son maître en poussant des jappements sonores.

– Ha ! cria le maître, mon oncle Fiodor, ma chère tante, chers parents – que le diable ne vous a-t-il emportés !

Il se jeta à plat ventre dans le sable, attrapa le chat et Tiotka et les serra dans ses bras. Tandis qu'il la pressait contre lui, Tiotka coulait des regards furtifs sur cet univers où le sort l'avait jetée et, ahurie par ses proportions grandioses, resta un moment figée d'étonnement et d'enthousiasme, puis s'arracha à l'étreinte de son maître et, cédant à la vivacité de l'impression ressentie, se mit à tourner sur place comme une toupie. Le nouvel univers était grand et inondé d'une lumière crue ; où qu'on regardât, partout, du plancher au plafond, on n'apercevait que des figures, des figures, encore des figures et rien d'autre.

– Tiotka, veuillez vous asseoir ! cria le maître.

Se rappelant ce que cela voulait dire, elle sauta sur une chaise et s'assit. Elle examina son maître. Son regard était, comme toujours, grave et tendre, mais un large sourire immobile lui altérait le visage, en particulier la bouche et les dents. Il riait aux éclats, sautait, secouait frénétiquement les épaules et feignait d'être très content de la présence de ces milliers de visages. Tiotka ajouta foi à cette gaieté, sentit soudain de tout son être que ces milliers d'yeux la regardaient, leva son museau de renard et poussa un aboiement joyeux.

– Tiotka, restez sur votre chaise, lui dit son maître, Tonton et moi allons danser la *kamarinskaïa*[2].

Le chat, en attendant d'être invité à faire des sottises, se tenait debout, immobile, lançant des regards indifférents à droite et à gauche. Il exécuta son numéro de danse avec mollesse, négligemment, d'un air maussade, ses mouvements, sa queue et ses moustaches disaient clairement qu'il éprouvait un profond mépris pour la foule, la lumière crue, son maître et lui-même... Son numéro terminé, il bâilla et s'assit.

– Allons, Tiotka, dit le maître, nous allons commencer par chanter ensemble, puis nous allons danser. Ça vous va ?

Il tira un pipeau de sa poche et se mit à jouer. Tiotka, qui ne pouvait pas supporter la musique, s'agita sur sa chaise et se mit à hurler. Des rugissements et des applaudissements s'élevèrent de tous côtés. Le maître salua et, quand le silence fut rétabli, continua à jouer... Il venait d'attaquer une note très aiguë, quand un spectateur des galeries poussa une exclamation.

– Papa ! s'écria une voix d'enfant. Mais c'est Kachtanka.

– C'est vrai ça ! confirma une voix de fausset avinée, criarde. Kachtanka ! Fédioucha, qu'on me coupe la tête, mais c'est Kachtanka ! Pstt !

Un coup de sifflet partit du poulailler et deux voix, l'une d'un enfant, l'autre d'un homme, appelèrent tout bas :

– Kachtanka, Kachtanka !

Tiotka tressaillit et regarda du côté d'où venaient les voix. Deux figures : l'une velue, avinée et souriante, la seconde ronde, rouge, effarée, vinrent l'éblouir comme, tout à l'heure, la lumière trop crue… La mémoire lui revint, elle dégringola de sa chaise, se mit à se débattre dans le sable, puis se remit sur ses pattes et, avec un jappement joyeux, s'élança vers ces figures. Une clameur assourdissante retentit, coupée de coups de sifflet et des cris perçants d'un enfant :

– Kachtanka ! Kachtanka !

Tiotka sauta par-dessus la balustrade, puis par-dessus une épaule, se trouva dans une loge ; pour atteindre l'étage suivant, il fallait franchir une haute cloison ; Tiotka bondit, mais pas assez haut et roula à bas de la cloison. Puis elle passa de main en main, lécha des mains et des figures. Elle montait toujours plus haut et finalement arriva au poulailler…

Une demi-heure plus tard, Kachtanka était dans la rue, et suivait des gens qui sentaient la colle et le vernis. Louka titubait, et instinctivement, instruit par l'expérience, tâchait de se tenir loin, le plus loin possible du ruisseau.

– Je me vautre dans le gouffre sans fond de mes péchés dans mon sein..., bredouillait-il. Toi, Kachtanka, c'est à ne pas y croire. Rapport à l'homme tu n'es pas plus qu'un charpentier rapport à un menuisier...

Fédioucha marchait à ses côtés, coiffé de la casquette de son père. Kachtanka les regardait de dos, il lui semblait qu'elle les suivait depuis longtemps et se réjouissait que sa vie n'eût pas été interrompue un seul instant.

Elle se souvint d'une chambre aux tapisseries sales, d'un jars, de M. Fiodor le chat, de bons repas, de dressage, d'un cirque, mais tout cela lui apparaissait maintenant comme un long cauchemar confus...

Notes :

1. Petit pâté salé ou sucré pouvant être farci.

2. Danse populaire au ryhme très vif.

TRISTESSE

A qui confier ma peine ?...

C'est le crépuscule. De gros flocons de neige mouillée tournoient paresseusement autour des réverbères que l'on vient juste d'allumer et se posent en molle couche sur les toits, les échines des chevaux, les épaules, les chapeaux. Le cocher Iona Potapov est tout blanc, un vrai fantôme. Replié sur lui-même autant que le peut faire un être vivant, il est assis sur son siège, immobile. Quand toute une congère s'entasserait sur lui, il ne verrait pas l'utilité de la secouer, dirait-on… Sa haridelle est aussi blanche et immobile que lui. Son immobilité, ses formes anguleuses, ses pattes raides comme des bâtons, la font ressembler, même de près, à un petit cheval en pain d'épice d'un kopek. Elle est, selon toute probabilité, plongée dans la méditation. Celui que l'on a arraché à sa charrue, à ses paysages gris familiers, et jeté ici dans cet abîme plein de feux monstrueux, d'un tintamarre incessant et de gens qui courent, comment ne serait-il pas songeur ?…

Cela fait longtemps que Iona et sa haridelle n'ont pas bougé de place. Ils sont sortis avant midi et ils n'ont pas encore étrenné. Mais voici que la brume du soir tombe sur la ville. La lueur blafarde des réverbères le cède à des couleurs vivantes et le tohu-bohu de la rue se fait plus intense.

– Cocher, rue de Vyborg ! entend crier Iona. Cocher !

Iona sursaute et, à travers ses cils collés par la neige, voit un officier en capote à capuchon.

– Rue de Vyborg ! répète l'officier. Alors, tu dors ? Rue de Vyborg !

En signe d'accord Iona tire sur les guides, ce qui fait tomber de l'échine du cheval et des épaules du cocher des nappes de neige… L'officier prend place dans le traîneau. Le cocher claque des lèvres, tend un long cou grêle, se soulève légèrement sur son siège et, plus par habitude que par nécessité, brandit son fouet. Le cheval tend le cou de même, met à l'oblique ses jambes raides comme des bâtons et part d'un pas hésitant.

– Où vas-tu, andouille ! hurlent aussitôt des voix dans la masse sombre qui se meut devant et derrière lui. Où que tu vas, nom de Dieu ? Tiens ta droite !

– Tu ne sais pas conduire ! Tiens ta droite ! se fâche l'officier.

Un cocher l'injurie, du haut d'un coupé ; un piéton qui a donné de l'épaule sur le museau de la haridelle en traversant la rue à toute allure regarde Iona d'un air mauvais et secoue la neige de sa manche. Iona se trémousse sur son siège comme sur des aiguilles, joue des coudes et roule des yeux effarés comme s'il ne comprenait pas où il est et ce qu'il fait là.

– Quelles canailles ! ironise l'officier. Ils font exprès de se cogner contre toi, ou de se fourrer sous les pattes de ton cheval. Ils se sont donné le mot.

Iona se retourne vers son client et remue les lèvres… Il voudrait sans doute dire quelque chose mais il ne sort de sa gorge qu'un souffle guttural.

– Quoi ? fait l'officier.

Iona esquisse un sourire gauche, se force la gorge et dit d'une voix rauque :

– Monsieur, heu…. j'ai perdu mon fils cette semaine.

– Ah !… De quoi est-il mort ?

Iona se retourne d'une pièce et dit :

– Qui sait ! Ça doit être de la fièvre chaude… Il est resté trois jours à l'hôpital et il est mort… C'est la volonté de Dieu.

– Oblique, emplâtre ! crie quelqu'un dans le noir. T'as donc la berlue, vieille bête ? Regarde voir ce que tu fais !

– Avance…, dit le client. Ou nous n'y serons pas demain matin. Plus vite !

Le cocher tend à nouveau le cou, se soulève sur son siège et redresse son fouet avec une grâce pesante. Puis il se retourne à plusieurs reprises vers son client, mais l'officier a fermé les yeux et, apparemment, n'est pas disposé à l'écouter. Après l'avoir déposé rue de Vyborg, il s'arrête devant un estaminet, se ramasse sur son siège et reprend son immobilité… La neige humide les repeint en blanc, lui et sa haridelle. Une heure, deux heures s'écoulent…

Sur le trottoir passent trois jeunes gens ; ils font bruyamment claquer leurs caoutchoucs et se disputent deux d'entre eux sont grands et minces, le troisième petit et bossu.

– Cocher, au pont de la Police ! glapit le bossu. Pour les trois… vingt kopeks !

Iona tire sur les guides et claque des lèvres. Vingt kopeks, ce n'est pas raisonnable, mais peu lui importe le prix… Un rouble ou cinq kopeks, cela lui est égal maintenant, pourvu qu'il ait des clients… Les jeunes gens s'approchent du traîneau et grimpent tous trois sur le siège en se bousculant et en lançant des obscénités. Ils entreprennent ensuite de résoudre ce problème : lesquels occuperont les deux places assises, lequel restera debout. Après un bon moment de disputes, de caprices, de récriminations, ils décident que celui qui se tiendra debout, ce sera le bossu, qui est le plus petit.

– Allez vite, glapit le bossu en s'installant derrière Iona et en lui envoyant son souffle sur la nuque. Fouette, cocher ! T'as un de ces bonnets, mon vieux ! Il n'y a pas pire dans tout Saint-Pétersbourg…

– Hi ! hi ! fait Iona en éclatant de rire… Je mets ce que j'ai…

– Allez, « ce que tu as », plus vite ! Tu vas marcher tout le temps à cette allure ? Hein ? Et le fouet ?…

– J'ai mal au crâne…, dit un des grands.

Hier, chez les Doukmassov, Vaska et moi on a vidé à deux quatre bouteilles de cognac.

– A quoi ça te sert, de mentir, je ne comprends pas ! dit l'autre grand en colère. Il ment comme un cochon.

– Que Dieu me punisse, c'est vrai…

– Aussi vrai qu'un pou tousse.

– Hi ! hi ! fait Iona avec un sourire béat. Ces messieurs aiment rire.

– Oh, nom de Dieu ! éclate le bossu. Tu avances ou non, vieux choléra ? Est-il possible d'aller à cette allure ? Caresse-lui les côtes ! Tape, bon Dieu ! Mais tape un bon coup !

Iona sent le corps du bossu se tortiller dans son dos et sa voix frémir. Il entend les injures qu'on lui adresse, voit du monde, et le sentiment de la solitude commence peu à peu à moins lui peser. Le bossu l'engueule à s'en étouffer, étranglé par une injure à six tiroirs qui se perd dans un accès de toux. Les grands se mettent à parler d'une certaine Nadia. Iona se tourne vers eux à plusieurs reprises. Profitant d'un bref moment de silence, il se retourne encore une fois et marmotte :

– Cette semaine, heu… j'ai perdu mon fils.

– Nous mourrons tous, soupire le bossu en s'essuyant les lèvres… Allez plus vite, plus vite ! Messieurs, je me sens absolument incapable d'aller plus loin à cette allure ! Quand est-ce qu'on arrivera ?

– Requinque-le un peu... Flanque-lui une bonne claque sur la nuque !

– T'entends, vieux choléra ? Prépare-toi la nuque ! A faire des manières avec vous autres, il ne resterait plus qu'à aller à pied ! Ou tu te fous de ce qu'on te dit ?

Et Iona entend plus qu'il ne sent les claques qui lui tombent sur sa nuque.

– Hi ! hi !... fait-il en riant. Ces messieurs aiment rire... Dieu vous garde en bonne santé !

– Cocher, tu es marié ? demande un des grands.

– Moi ! Hi ! hi !... Ces messieurs aiment rire ! A présent, ma seule femme, c'est la terre... Hi ! ho ! ho !... La tombe, quoi !... Mon fils, il est mort, et moi, je suis en vie... C'est drôle, la mort s'est trompée de porte... Au lieu de frapper chez moi, elle est allée chez mon fils...

Et il se retourne pour leur expliquer comment il est mort, mais à ce moment-là, le bossu pousse un léger soupir et annonce que, grâce à Dieu, les voilà enfin arrivés. Quand Iona a reçu ses vingt kopeks, il suit longuement des yeux les noceurs qui disparaissent sous un portail sombre. Le voici seul de nouveau et dans le silence… sa tristesse, quelques instants apaisée, réapparaît et gonfle sa poitrine avec une force accrue. Son regard inquiet et douloureux court sur les groupes qui défilent de chaque côté de la rue : ne se trouvera-t-il pas parmi ces milliers d'hommes et de femmes une seule personne pour l'entendre ? Mais non, la foule se presse, sans les remarquer, ni lui ni son mal… Mal immense, qui ne connaît pas de bornes. Si sa poitrine éclatait et s'il se répandait, il inonderait le monde entier, pourtant il n'en est pas moins invisible. Il a su se loger dans une coque si insignifiante qu'on ne le verrait pas en plein jour avec une lanterne…

Iona voit un portier qui tient un petit paquet et décide d'aller lui faire la conversation.

– Quelle heure il est, mon vieux ? dit-il.

– Neuf heures passées…. Pourquoi que tu stationnes ici ? File plus loin !

Iona pousse son cheval quelques pas plus loin, se replie sur lui-même et s'abandonne à son mal… Adresser la parole aux gens, il décide que ça ne sert à rien. Mais cinq minutes ne sont pas écoulées qu'il se redresse, secoue la tête, comme sous l'effet d'une douleur aiguë, et tire sur les guides... Il n'en peut plus.

« Rentrer, songe-t-il, rentrer ! »

Et la haridelle, comme si elle l'avait compris, prend le trot. Une heure et demie après, Iona est assis près d'un grand poêle sale. Sur le poêle, par terre, sur les bancs, des gens qui ronflent. Une atmosphère étouffante et surchauffée. Iona regarde les dormeurs, se gratte la nuque et regrette d'être rentré si tôt...

« Je n'ai même pas gagné mon avoine, songe-t-il. C'est pour ça que ça ne va pas. Un homme qui connaît son affaire... qui a le ventre plein, et son cheval aussi, jamais rien ne le tracasse... »

Dans un coin un jeune cocher se lève, pousse des grognements ensommeillés et se traîne vers le seau d'eau.

– T'as soif ? demande Iona.

– Faut croire !

– Vas-y... A ta santé... J'ai perdu mon fils, mon vieux... Tu l'as entendu dire ? Il est mort à l'hôpital, cette semaine... Sale histoire !

Iona guette l'effet produit par ses paroles, mais ne voit rien. Le jeune cocher s'est enfoncé la tête sous sa couverture et dort déjà. Le vieux soupire et se gratte... il a autant besoin de parler que le jeune avait besoin de boire. Ça fera bientôt une semaine qu'il a perdu son fils et il n'a encore pu en parler comme il faut à personne… Ces choses-là on en parle sensément, en prenant son temps… on raconte comment il est tombé malade, ce qu'il a souffert, ce qu'il a dit avant de mourir, comment il est mort… On décrit l'enterrement et le voyage à l'hôpital pour retirer les vêtements du défunt. Il a laissé au village une fille, Anissia… D'elle aussi, il faut en parler… Les sujets de conversation ne lui manqueront pas. Celui qui l'écoutera, il faudra qu'il gémisse, qu'il soupire, qu'il se lamente… Avec des femmes, c'est encore mieux. Elles sont bêtes, mais il suffit de deux mots pour qu'elles fondent en larmes.

« Va voir ton cheval, pense Iona. T'auras toujours le temps de dormir… Aie pas peur, tu dormiras tout ton soûl… »

Il s'habille et va à l'écurie où est son cheval. Il pense à l'avoine, au foin, au temps qu'il fait… Penser à son fils quand il est seul, il ne le peut pas… En parler avec quelqu'un, il le peut, mais y penser quand il est seul, évoquer son image, c'est intolérable.

– Ça mâche ? demande Iona à son cheval en

apercevant ses yeux brillants. Allez, mâche, mâche… Si nous n'avons pas gagné d'avoine, nous mangerons du foin… Oui… je suis trop vieux pour faire le cocher… C'est la place de mon fils, pas la mienne… C'était un vrai cocher… Si seulement il avait vécu…

Il reste quelques instants sans rien dire et poursuit :

– C'est comme ça, ma brave jument… Plus de Kouzma… Il nous a dit adieu… Il est mort tout à coup, pour rien… Aujourd'hui, une supposition, tu as un poulain, tu es sa mère, à ce poulain… Et, tout à coup, une supposition, ce poulain, il te dit adieu… C'est pas triste ?

La haridelle mâche, écoute et souffle sur les mains de son maître…

Iona ne peut y résister et lui raconte tout…

ANTON TCHEKHOV

L'AUTEUR

Anton Tchekhov est né en 1860 à Taganrog, port de la mer d'Azov. Il y fait des études primaires et secondaires de 1867 à 1879. A cette époque, il écrit déjà sa première pièce aujourd'hui perdue : *Sans père*. Il commence ses études de médecine et écrit dans différentes revues pour aider sa famille. En 1880, il compose sa permière nouvelle. Une fois médecin, il exerce près de Moscou et publie son premier recueil, *Les Contes de Melpomène*. Sa pièce *Ivanov* est jouée à Saint-Pétersbourg en 1889. Tchekhov voyage à travers la Sibérie jusqu'à Sakhaline où il visite les camps de forçats. A la suite de ce périple, il publie ses *Lettres de Sibérie*. En 1892, il s'installe à Melikhovo où il soigne les paysans les plus pauvres et lutte contre la famine. En 1994, il voyage en Italie et à Paris, mais sa santé se dégrade. Il rédige *La Mouette*, qui sera reprise en 1898 au théâtre d'Art de Moscou, fondé par Stanislavski, et connaîtra un très grand succès. Atteint de tuberculose pulmonaire, Tchekhov, qui avait dû être hospitalisé, s'installe cette même année à Yalta. L'année suivante a lieu la première d'*Oncle Vania*. Il écrit les *Trois Sœurs*. Le 25 mai 1901, il épouse l'actrice Olga Knipper. Après le grand succès de *La Cerisaie,* Tchekhov part pour l'Allemagne. Il meurt à Badenweiler le 2 juillet 1904.

TABLE DES MATIÈRES